半猫人《はんびょうにん》の前口上《まえこうじょう》

この本の版元である評論社から（この本の版元として**評判社**という看板も用意しているようですが）、訳者としての前口上《まえこうじょう》を述べるようにと求められました。とくに若い世代の読者に向けて話せということです。

そこで少しだけしゃべらせてもらいましょう。

T・S・エリオットの（けっしてやさしくはない）詩、詩劇、評論などを（幸い、そう数多くはないので）僕《ぼく》は学生時代からほとんどすべて読みました。そして断言できます――**この人はすごい人だ**。どんなふうに、どれくらいすごいかを、今は語るスペースがありません。信じていただくしかない。

そのすごいノーベル賞詩人が15篇《へん》のこんな**猫《みょう》な**詩を書いてくれた（猫《ねこ》という字はミョウとも読みます）。どれもこれも実に愉快《ゆかい》です。とくに猫好きにとっては１篇１篇、１行１行が楽しい。べつに**襟《えり》おっ立てて**――正しくは、襟を正して――読まなくても、この大詩人に対して失礼にはなりません。ごく気軽に楽しめばよいのです。

とはいうものの、どの１篇も原文はなかなか厄介《やっかい》――日本人のみならず、たぶん英語圏《けん》の人たちも（日本国民と同じように読書力がどんどん落ちているようですから）すらすらとは読めないと思います。ですからこれを日本語に翻訳《ほんやく》するのは、おおいに厄介、手間隙《てまひま》たるや並々ならぬものがありました。

ちょっとだけ原文を引きましょう。最初の１篇の最初の４行です。

The Naming of Cats is a difficult matter,
　It isn't just one of your holiday games;
You may think at first I'm as mad as a hatter
　When I tell you, a cat must have THREE DIFFERENT NAMES.

韻《いん》を踏《ふ》んでいます。だから語呂《ごろ》がいい。猫様は上機嫌《じょうきげん》のときに喉《のど》をゴロゴロ鳴らしますが、15篇の**猫な**《みょう》詩は、すべてがこんなふうにお猫様の**語呂語呂**をひびかせるのです。かくて翻訳《ほんやく》は——

お猫様の命名披露《ひろう》はおおいに厄**介**《やっかい》
　手間隙《てまひま》たるや並々な**らぬ**
尋常《じんじょう》ならざるわしの気づ**かい**
　猫様たる身は三種の仁義《じんぎ》を切らねばな**らぬ**

「三種の仁義《じんぎ》」は、もちろん「三種の神器《じんぎ》」をもじったものです。ここの原文にはもじりがありませんが、この「わし」は——**袋鼠親爺**《ポサムおやじ》は——ときどきこういう遊びをする。そこで訳者も、ちょいと遊んでみました。なお**袋鼠親爺**《ポサムおやじ》とはT・S・エリオットのニックネイムです。しかしこの15篇を書いたのはT・S・エリオットという人間ではなくて**袋鼠親爺**《ポサムおやじ》（あるいは**親爺袋鼠**《おやじポサム》）という動物だと思ったほうが楽しいのではないでしょうか。

ところで僕《ぼく》は30数年前から**半猫人**《はんびょうにん》を名乗っています（猫《ねこ》という字はビョウとも読みます）。この翻訳は、**半猫人**《はんびょうにん》として、至らないながらに尋常《じんじょう》ならざる気づかいをしたつもりです。いろいろ**猫な**《みょう》名前を翻訳するときもそうでした。たとえば、原文ではデュータロノミーDeuteronomyという長寿《ちょうじゅ》猫様が登場します。旧約聖書・申命記《しんめいき》の意味ですが、申命記にはモーセが120歳《さい》の長寿だったことが記されています。中国の藐姑射《はこや》の仙人《せんにん》もやはり120歳の長寿でした。そこで和名をハコヤノモーセとしたわけです。

そういう説明を始めると、1冊の本を書かなくてはなりません（近いうちに書くことを約束します）。とにかくまず、**猫写力**《びょうしゃりょく》ゆたかなアクセル・シェフラーの絵とともに**半猫人**《はんびょうにん》翻訳を楽しんでください。

2009年　猫月《ねこづき》　　　　柳瀬尚紀《やなせなおき》

T. S. Eliot

袋鼠《ポサム》親爺《おやじ》の《の》手練《てれん》猫《ねこ》名簿《めいぼ》

T・S・エリオット

アクセル・シェフラー 画

柳瀬尚紀 訳

Axel Scheffler

評論社

OLD POSSUM'S BOOK OF PRACTICAL CATS
by T. S. Eliot
First published in 1939 by Faber and Faber Limited, London
New edition with an additional poem 1953

Japanese translation rights arranged with
Faber and Faber Limited, London
through Tuttle-Mori Agency, Inc., Tokyo
Printed in Italy

装幀：ケン・ドゥ・シルヴァ＋川島進（スタジオ・ギブ）
書き文字：角口美絵

袋鼠《ポサム》親爺《おやじ》の手《て》練《れん》猫《ねこ》名《めい》簿《ぼ》

2009年10月20日　初版発行

●———著　者　T. S. エリオット
●———画　家　アクセル・シェフラー
●———翻訳者　柳瀬尚紀
●———発行者　竹下晴信
●———発行所　株式会社評論社
〒162-0815 東京都新宿区筑土八幡町２－21
電話　営業 03-3260-9409／編集 03-3260-9403
URL　http://www.hyoronsha.co.jp

ISBN978-4-566-02409-0　NDC931　72p.　220mm×178mm

本書について

トマス・スターンズ・エリオット（1888－1965）は、アメリカのミズーリ州セント・ルイスに生まれ、ハーバード大学卒業後、ソルボンヌ大学やオクスフォード大学などでも学んだ。1915年、イギリス女性と結婚《けっこん》したのを機にイギリスに居を定め、高校教師や銀行員をしながら、文学者との交流や作品の執筆《しっぴつ》にいそしんだ。1927年にイギリスに帰化《きか》している。

1917年、最初の詩集を出版。1922年に発表した長編詩『荒地《あれち》』は代表作となり、同じ年に発表されたジェイムズ・ジョイスの『ユリシーズ』とともに、世界中に大きな影響《えいきょう》を与えた。1925年、フェイバー・アンド・グウィヤー社――今日のフェイバー・アンド・フェイバー社――の重役に迎《むか》えられ、生涯《しょうがい》その地位にあって、数多くの詩集、戯曲《ぎきょく》、文芸批評などを出版した。1948年にはノーベル文学賞を受賞している。

1930年代、エリオットは「ポサム親爺《おやじ》」の名のもとに、今や有名となった猫たち――マキャヴィティ、ハコヤノモーセ、カスミトフェレス氏など――の詩を書き、自分が名付け親となった子どもたち宛《あ》ての手紙に添《そ》えている。それらの詩は1939年にまとめられ、エリオット自身が表紙絵も描《か》いて、『袋鼠親爺《ポサムおやじ》の手練猫名簿《てれんねこめいぼ》』として出版された。以後も、ニコラス・ベントリーやエドワード・ゴーリーが挿画《そうが》を描いた版が刊行されている。

1981年、イギリスの作曲家アンドリュー・ロイド・ウェバーによる台本と作曲で、この作品をもとにしたミュージカル『CATS（キャッツ）』が生まれた。『CATS（キャッツ）』は、ブロードウェイ史上に残るロングラン・ミュージカルとして、今も世界中で愛されている。

本書は、初版刊行70周年とフェイバー・アンド・フェイバー社創立80周年を記念して、アクセル・シェフラーのオリジナル・カラーイラストとともに新たに刊行されたものである。

目　次

お猫様の命名披露《ひろう》

お猫様の命名披露《ひろう》はおおいに厄介《やっかい》
　手間隙《てまひま》たるや並々ならぬ
尋常《じんじょう》ならざるわしの気づかい
　猫様たる身は**三種の仁義《じんぎ》**を切らねばならぬ
まずはふつうの家猫ふうに名づけにゃならん
　姓《せい》はベイリー、名はピーターかオーガスタスか、はたまた
　　　　アロンゾ、ジェイムズか
ヴィクター、ジョナサン、ジョージ、ビルなどおよそつまらん
　どれもこれも平々凡々《ぼんぼん》、違《ちが》いはわずか

もっと気取った品よき名前もあるある、じゃかすか
　淑女猫《しゅくじょねこ》ならエレクトラとか、あるいはデメテル
紳士猫《しんしねこ》ならプラトンあるいはアドメトスか
　ところがしかしどれもやっぱりありふれてる
お猫様にはまたとない名をつけねばならぬ
　そうでなければ猫がすたる
お尻尾《しっぽ》おっ立て名前に威厳《いげん》がなければならぬ
　そうあればこそおヒゲ突《つ》っ張り誇《ほこ》り高く世間を渡《わた》る
その種の名前を披露《ひろう》するなら
　ゼニズミトリ、ガチョホーテ、パットミタカラガイ
オーユバリーナ、グニャーラシャナラ
　またとないゆえ名づけ甲斐《がい》

三種の仁義《じんぎ》の三つめには

極秘の名前が格別お好み

わかるものか人間どもには

知るは猫様ご自身のみ

お猫様はときおりじっと思いにふける

理由はいつも変わらない

ひたすら瞑想《めいそう》その精神を傾《かたむ》ける

己《おのれ》の名前の思案熟考千慮《せんりょ》めぐらせ余念無い

畏《おそ》れ多くも言い得て妙《みょう》

憚《はばか》りながら言い憚られるその本名

無二なるその名の深みと謎《なぞ》は計り知れない

とある年増《としま》のドテット猫

とある年増《としま》のドテット猫、美しき名はドロミケバンテン
毛皮は縞斑《しまぶち》、虎《とら》の縞に豹《ひょう》の斑点《はんてん》
日がな一日、階段、石段、玄関《げんかん》マットにずっと居座る
どてっと居座りどてっと動かず、そうでなくては
　　ドテット猫の沽券《こけん》にかかわる

その日も暮れて喧噪《けんそう》静まる
するとそれからドテット猫の仕事が始まる
人間一家はぐっすり寝込《ねこ》む
年増猫はやおら腰《こし》上げ地下の蔵へと忍《しの》び込む
なにせつねづね心配の種、鼠《ねずみ》たちのふるまいは
悪さをするわ行儀は悪いわ
そこで鼠を整列させる
歌や編みもの学ばせる

とある年増のドテット猫、美しき名はドロミケバンテン
どんな猫よりぬくぬくぽかぽか大好きで、そんな場所に
　　どてっと横転
暖炉《だんろ》のそばや日だまりや、わしの帽子《ぼうし》にどてっと座る
どてっと居座りどてっと動かず、そうでなくては
　　ドテット猫の沽券にかかわる

その日も暮れて喧噪静まる
するとそれからドテット猫の仕事が始まる
ちょこまかするのは鼠の習性
きっと食事の不規則なせい
なんでもとにかく試すが肝腎《かんじん》
焼いて炒《いた》めて獅子奮迅《ししふんじん》
ひからびパンにひからび豆の鼠干菓子《ねずひがし》
ひからびベーコンひからびチーズの炒め料理に
　　大忙《いそが》し

とある年増《としま》のドテット猫、美しき名はドロミケバンテン
カーテン紐《ひも》をくるくる巻いて水兵結びに変える機転
窓台あるいはすべすべ平らな場所にどてっと横たわる
どてっと居座りどてっと動かず、そうでなくては
　　ドテット猫の沽券《こけん》にかかわる

　その日も暮れて喧噪《けんそう》静まる
　するとそれからドテット猫の仕事が始まる
　ゴキブリたちには堅気《かたぎ》の雇用《こよう》がぜひとも必要
　ぐうたら気ままな噛《かぶ》り癖《ぐせ》がきっと直って精神発揚《はつよう》
　そこで乱暴者をずらっと集めて
　規律正しい健気《けなげ》なボーイスカウトの契《ちぎ》りを固めて
　ゴキブリ生涯《しょうがい》に目的できて一同おおいに気分をよくした
　ドテット猫はゴキブリ夜間行進曲まで作曲した

だから年増のドテット猫さんたちに万歳《ばんざい》三唱
おかげで失《う》せる人間所帯の辛苦《しんく》万障

ウナーリトラの最後の抵抗《ていこう》

ウナーリトラは凶暴猫《きょうぼうねこ》、艀《はしけ》に乗ってほっつき回る
気まま渡世《とせい》の猫の中でも乱暴狼藉《ろうぜき》札付きの悪《わる》
グライヴゼンドからオクスフォードまで悪行《あくぎょう》世間を騒《さわ》がせる
「テムズの脅威《きょうい》」の名を馳《は》せる

挙動風貌《ふうぼう》いずれも実にいけ好かない
毛皮は破れてだらしなく、膝《ひざ》のあたりが締《し》まらない
片っぽの耳ちぎれかけ、なにゆえなのかは一目瞭然《いちもくりょうぜん》
恐怖《きょうふ》の片目で敵なる世間を睨《ね》めつけ平然

ロザーハイズの村人たちにも悪名ひろまり

ハマースミスやパトニーですらその名を聞くと皆《みな》居竦《いすくま》り

鶏《にわとり》小屋に板を打ちつけ、間抜《まぬ》けな鵞鳥《がちょう》を閉じこめる

ウナーリトラが来る！　岸辺を走る噂《うわさ》に皆が青ざめる

哀《あわ》れも哀れ、かよわきカナリア、籠《かご》からあたふた空へ向かった

哀れも哀れ、ペット暮らしのペキニーズ、ウナーリトラの怒《いか》りを買った

哀れも哀れ、蛮《ばん》カラ毛並みのバンディクート、異国の船へ身を隠《かく》す

哀れも哀れ、ウナーリトラに襲《おそ》われた猫、大事な命を危うくなくす

だがウナーリトラのとりわけ憎《にく》むは異国生まれの猫だった
名前も生まれも異国の猫は命乞《ご》いもむだだった
恐怖《きょうふ》におびえるペルシャとシャムの同族同胞《はらから》
ちぎれた片耳食いちぎったのがシャムだから

さて穏《おだ》やかな夏のある晩、世の中どうやら休眠《きゅうみん》中
優しき月が明るく照らし、艀《はしけ》はモウルジーに停泊《ていはく》中
和《なご》みの光をたっぷり浴びて波のまにまにゆらゆらゆらぐ
ウナーリトラもついついつられて感傷気分に心が和《やわ》らぐ

航海士の**ムッツリグツベー**、これはとっくに姿が見えぬ
ハンプトンの釣鐘亭《つりがねてい》でちょいと一杯《ぱい》、猫の身の程わきまえぬ
甲板長の**ズッコロブルータス**、これまたこっそり艀を立ち去り
獅子亭《ししてい》の裏庭うろうろ餌食《えじき》漁《あさ》り

船の舳先《へさき》にウナーリトラのみがでんと居て
じっと見つめる**アブリボーネ**嬢《じょう》がその相手
荒《あら》くれ者の手下一味が樽《たる》の中や寝棚《ねだな》で眠《ねむ》る夜
シャム猫たちが舢板《サンパン》、戎克《ジャンク》を列《つら》ねて忍《しの》び寄る

ウナーリトラはアブリボーネにぞっこんべた惚《ぼ》れ
お嬢のほうも男らしいバリトンの歌にうっとり溺《おぼ》れ
ともにめろめろ、不意打ちなんぞまさかもまさか
だが月明り浴びぎらぎら光る青い目わんさか

THE LION

じわりじわり舢板《サンパン》ぐるりと艀《はしけ》を包囲
音も立てずに敵の軍勢全方位
恋《こい》する同士、命の危険が迫《せま》るさなかに歌うデュエット最後の絶頂
敵の武器は長柄《ながえ》のフォークに残忍《ざんにん》 刃《やいば》の肉切り包丁

そのとき隊長**ギルバート**、勇猛果敢《ゆうもうかかん》な蒙古《もうこ》軍団へ合図を送る
爆竹《ばくちく》みたいな鬨《とき》の声、支那猫《しなねこ》軍勢どっと乗船攻《せ》めまくる
舢板《サンパン》、小舟《こぶね》、戎克《ジャンク》をつぎつぎ乗り捨て一気に攻め込《こ》む
ハッチをふさぎ艀の一味をがっちり寝棚《ねだな》に封《ふう》じ込む

アブリボーネはギャーッと悲鳴、おったまげて身悶《みもだ》えた
気の毒ながら、たちまち姿がかき消えた
もっともうまく逃《に》げおおせ、きっと溺《おぼ》れはしなかったはず
しかしぎらつく刃物《はもの》の包囲網《もう》、ウナーリトラを逃《に》がすものかと見事な手はず

無情な敵軍攻めて攻めて、暴れに暴れて

ウナーリトラはびっくり仰天《ぎょうてん》、船べりぎりぎり追い立てられて

数多《あまた》の犠牲《ぎせい》を追い立て落とした流れの中へ

今や己《おのれ》がどっぼんごぼごぼ、重ねた悪事の果てがお迎《むか》え

報《しら》せを聞いてウォッピングでは歓喜《かんき》の嵐《あらし》

メイドンヘッドやヘンリーでは皆《みな》が踊《おど》って足踏《ふ》み鳴らし

鼠《ねずみ》の丸焼き大盤振《おおばんぶる》舞《ま》い、ブレントフォードやヴィクトリア・ドック

今日は祝日、浮《う》かれはしゃぐはシャムの都《みやこ》バンコック

トンテコヘントラ

トンテコヘントラ、こいつは変な猫なんだ
雉《きじ》肉出すと、おいらはやっぱし雷鳥《らいちょう》がいい
持家に住むと、おいらは借家が好きなんだ
借家に住むと、おいらはやっぱし持家がいい
小鼠《こねずみ》をあてがうと、おいらは大鼠と遊びたいんだ
大鼠をあてがうと、おいらはやっぱし小鼠がいい
トンテコヘントラ、まったく変な猫なんだ
わしがそれを声高《こわだか》に言うのもおとなげない
なにせこいつは、するって言ったら
するんだいったら
まったくもって手に負えない

トンテコヘントラ、厄介猫《やっかいねこ》、気が変わること気軽も気軽
家へ入れると、とたんに外へ行くと言い出す
ドアを開けろと慌《あわ》てさせては得意がる
家へ入ると、今度はあちこち歩き出す
かと思えば引出しの中にもぐって寝《ね》たがる
ところがすぐに出してくれと騒《さわ》ぎ出す
トンテコヘントラ、まったくもって変な猫
　それはまったく紛《まぎ》れもない
　　なにせこいつは、するって言ったら
　　するんだいったら
　　　まったくもって手に負えない

トンテコヘントラ、こいつは変なやつなんだ
生まれつきの性分で愛想というもの持ち合わせない
魚を出すと、おいらは肉が食べたいんだ
魚がないと、兎《うさぎ》の肉に見向きもしない
生クリームを差し出すと、くんと嗅《か》いでそっぽ向く
自分で見つけたものだけこいつは気に入る
あとでちゃっかりぺろぺろ舐《な》めて人をあざむく
片したこっちがおおいに恥《はじ》入《い》る

トンテコヘントラ、なにをするにも技が巧《たく》みで計算ずく
トンテコヘントラ、抱《だ》っこの甘《あま》えはてんで嫌《いや》がる
ミシン仕事の膝《ひざ》に跳《と》びのり調子づく
しっちゃかめっちゃか、そうしておいて嬉《うれ》しがる
トンテコヘントラ、まったくもって変な猫
　わしがそれを触《ふ》れ回るのもみっともない
　　なにせこいつは、するって言ったら
　　するんだいったら
　　　まったくもって手に負えない

SINGER

プルプルン猫の歌

プルプルン猫、みんな今夜はステップ軽やか
プルプルン猫、勢ぞろいして愉快《ゆかい》も愉快
プルプルンのお月様、照らす光がとっても清《さや》か
プルプルンたち、プルプルンの舞踏会《ぶとうかい》

プルプルンたち、黒白猫《くろしろねこ》
プルプルン猫、みんなちっこい
プルプルンたち、愉快猫
さかりの声がなつっこい
プルプルン猫、みんなの顔がとっても朗らか
プルプルン猫、明るさきらきら黒目から
曲に合わせてお稽古《けいこ》ステップすいすい滑《すべ》らか
プルプルンのお月様が今にお顔を見せるから

プルプルン猫、おとな猫になかなかならない
プルプルン猫、大きくなるにはずいぶん暇取《ひまど》る
プルプルン猫、みんな丸ぽちゃあどけない
ガボットもジグも上手に踊《おど》る
プルプルンのお月様が現れるまで体を休めて
お化粧《けしょう》念入り毛づくろい
プルプルンたち、耳の後ろも確かめて
プルプルンたち、足の先まで身づくろい

プルプルンたち、白黒猫《しろくろねこ》たち
プルプルン猫、みんな大きさちょうどよい
プルプルン、プルプルン、跳《は》ねて跳《と》んで後足《あとあし》で立ち
プルプルン猫、お月様の光に映《は》える目が清い
朝のうちはおとなしくしておき
昼間は体を休めるチャンス
舞踏の元気をためておき
プルプルンのお月様の光でダンス

プルプルンたち、黒白猫《くろしろねこ》たち

プルプルン猫（さっきも言ったが）みんなちっこい

嵐《あらし》の夜には思い立ち

跳《は》ねてお稽古《けいこ》すばしっこい

たまにお日様ぎらりぎらりと照りつける

そんな昼間は思慮《しりょ》深《ぶか》い

夜にそなえて骨休めを心がける

そうしてプルプルンのお月様とプルプルンの舞踏会《ぶとうかい》

マングースタコラとガタゴチャドイッツ

マングースタコラ、ガタゴチャドイッツ、どっちも図抜《ずぬ》けた悪名馳《は》せる
どたばた道化《どうけ》、お笑い芝居《しばい》の早変わり、綱渡《つなわた》りから軽業《かるわざ》芸まで軽くこなせる
そんな評判広くとどろき、ヴィクトリア緑園《みどりえん》に住み
もっともそこは作戦本部、徘徊《はいかい》しては重ねる盗《ぬす》み
猫にしては、コーンウォール庭園、ローンセストン界隈《かいわい》
はたまたケンジントン広場まで、どっちもちょいと有名すぎるわい

勝手口の窓半開きで不用心
地下室まるで戦場みたいに被害激甚《ひがいげきじん》
屋根の瓦《かわら》がおやおや剝《は》げてる一、二枚
これじゃ雨もり防げまい

ベッドルームの箪笥《たんす》の引出し開けっぱなし
冬のベストがどこにも無し
食事のあとで娘《むすめ》が気づいてあわてる
大事大事な無印真珠《しんじゅ》がなくなってる
すると一家は「あの悪猫《わるねこ》だ！
マングースタコラかガタゴチャドイッツ！」
もはやみんななれっこだ

マングースタコラ、ガタゴチャドイッツ、どっちもいやはや口八丁
夜盗《やとう》の腕前《うでまえ》みごともみごと、ショーウィンドウ壊《こわ》して奪《うば》うも手八丁
ヴィクトリア緑園《みどりえん》に住み、まともな定職まったく無し
猫っかぶりもうまいもので、お巡《まわ》りさんと仲むつまじく立ち話

一家が集《つど》う日曜日のディナーの食卓《しょくたく》
太るもけっこう、旨《うま》いものを食べる贅沢《ぜいたく》

骨付きロースに、ポテトと青物そえて絶妙《ぜつみょう》
そこへコックが奥《おく》から出て来ていかにも神妙《しんみょう》
沈《しず》んだ声で告げて頬《ほお》をふくらます
「残念ながらディナーは明日にはなんとかします！
焼けたロースが行方不明！――まったくもってへんてこだ！」
すると一家は「あの悪猫《わるねこ》だ！
マングースタコラかガタゴチャドイッツ！」
もはやみんななれっこだ

マングースタコラ、ガタゴチャドイッツ、共謀《きょうぼう》の技めざましい
ツキもあろうし天気も味方するらしい
突風《とっぷう》みたいに家を駆《か》け抜《ぬ》け、人間ぽかんとまるで阿呆《あほう》
マングースタコラかガタゴチャドイッツか、それとも両方？

食堂の中でなにかが割れた
食器部屋でなにかが壊れた

書斎《しょさい》の犠牲《ぎせい》はことさら不憫《ふびん》
明朝《ミンちょう》時代の骨董《こっとう》花瓶《かびん》
すると一家は「今度の悪猫《わるねこ》いったいどっち？
マングースタコラ**と**ガタゴチャドイッツ！」―― 詮方《せんかた》なしと意見が一致《いっち》

ハコヤノモーセ

ハコヤノモーセはとっても長生き
　お猫様の九つ命《いのち》をいくつもいくつも生きてきた
諺《ことわざ》に詩《うた》に名声もはや伝説の域
　ヴィクトリア女王の即位《そくい》の前から生きてきた
ハコヤノモーセ、妻を看取《みと》るは九回かぞえ
　ほんとのところ、たぶんどうやら九十九回
繁栄《はんえい》つづきに恵《めぐ》まれつづけた数多《あまた》の子孫に数多の後添《のちぞ》え
　さすがに老衰《ろうすい》、でも村人たちは人情深い
老いたる猫様お顔穏《おだ》やか憂《うれ》い無し
　牧師館の塀《へい》の日なたでのほほんと
村一番の長老それ見てしわがれ声で「な、なんと……
　まさか……そんな……ほんとかいな！……
　　　　いやいや！……たしかに、あれは！……
　　ひぇッ！　びっくり！
　　こりゃあ、そっくり！
わしはそろそろ耄碌《もうろく》しとるかもしれん、だがあれは
ハコヤノモーセにまちがいなし！」

ハコヤノモーセ、道のまんなか座りこむ
市《いち》でにぎわう大通り、でれっと寝《ね》そべり皆《みな》面くらう
牛がモーモー、羊がメーメー、なだれこむ
でも犬と牧童たち、それをつぎつぎ追いはらう
車やトラック、つぎつぎ歩道に乗り上げる
村人たちは看板おっ立て、**通行禁止**
騒《さわ》ぎ立ててはお猫様のご気分妨《さまた》げる
あんなふうにじっと沈思《ちんし》
家計のやりくり思案中のハコヤノモーセ
村一番の長老それ見てしわがれ声で「な、なんと……
まさか……そんな……ほんとかいな！……
いやいや！……たしかに、あれは！……
ひぇッ！　びっくり！
こりゃあ、そっくり！
わしのこの目は頼《たよ》りにならん、だがあれは
この騒動《そうどう》の主《ぬし》、ハコヤノモーセ！」

レッツ青果店
グルメ印
キャットフ
通行禁止

ハコヤノモーセ、角笛亭《つのぶえてい》でお腹《なか》いっぱい
　床《ゆか》にべたんと眠《ねむ》り込《こ》む
客の男ら「さあて飲むか、もう一杯《ぱい》」
　すると女将《おかみ》が奥《おく》の部屋から覗《のぞ》き込む
そして言うには「さあさ、出てって、裏からね
　ハコヤノモーセを起こそうなんて、いったい何事《なにごと》
文句言うならお巡《まわ》りさんを呼ぶからね」
　一同退散、ぞろりぞろり、すごすごと

お猫様の食後のうたた寝《ね》、邪魔《じゃま》しちゃならぬ
　なにがなんでもお猫様に迷惑《めいわく》かけてはいかんと
村一番の長老それ見てしわがれ声で「な、なんと……
　まさか……そんな……ほんとかいな！……
　　　いやいや！……たしかに、あれは！……
　　ひぇッ！　びっくり！
　　こりゃあ、そっくり！
わしは足もとおぼつかないんで、そろりそろり歩かにゃならぬ
ハコヤノモーセに気をつけにゃならぬ！」

ペキニーズ軍と
ポリッチビー軍の
畏《い》まわしき戦闘《せんとう》

パグ隊とポメラニアン隊の参戦
および
ギャオー大猫《おおねこ》の仲裁

ペキニーズとポリッチビー、どちらも知名度世界的
誇《ほこ》り高き相手は互《たが》いに不倶戴天《ふぐたいてん》の敵
とにかく相手を倒《たお》すが目的
総じてパグとポメラニアンは周知のごとく楽天家
喧嘩《けんか》なんかするもんか
とはいえたまには喧嘩に参加
皆《みな》それぞれに吠《ほ》える啖呵《たんか》

　　　わんわんわんわん
　　　わんわん**わんわん**
　公園中でやられちゃかなわん

これから話す大活劇の派手な一巻
それまでほとんど平穏《へいおん》無事の一週間
（ポリッチにもペキにもこれはずいぶん長期間）
図体でっかい警察犬、いつもの持ち場を離《はな》れていた
理由は知らぬが巷《ちまた》の推定
一杯《ぱい》やりにウェリントン・アームズ亭《てい》

通りはたまたま犬《いぬ》気《け》がなくて空《す》いていた
そんなときにペキとポリッチ牙《きば》剝《む》いた
前進もせず後退もせず両の眼《まなこ》がぎょろついた
にらみ合って両の後足《あとあし》ひっ搔《か》いた
おっ始《ぱじ》めたよ

わんわんわんわん

わんわん**わんわん**

公園中でやられちゃかなわん

さて、このペキの主張したのは通行権
とはいえ英語犬《けん》じゃなく異教の血筋の中国語犬《けん》
そこでペキたち唸《うな》りを聞いて総出で飛び出す
窓からドアから躍《おど》り出す
その数二十、少なくとも一ダース
いっしょになって吠《ほ》えて唸《うな》って、はたまた遠吠え
むかっ腹の異教の血筋の中国語犬《けん》の一つ覚え
ところがしかしポリッチたちも吠えることならお手のもの
件《くだん》のポリッチ、ヨークシャー出の頑固《がんこ》も頑固な田舎者《いなかもの》
スコットランドの美形血筋の従兄弟《いとこ》たちは、喧嘩《けんか》なんぞ
ちょろいもちょろい
犬《いぬ》も杓子《しゃくし》もそれは名うての強者《つわもの》ぞろい
みんな駆《か》けつけ、バグパイプ咆哮《ほうこう》隊の咆哮演奏
出 陣《しゅつじん》進軍行進曲の犬騒勇壮《けんそうゆうそう》
ここに至ってパグたちポメたち、高みの見物おおいに浅まし
バルコニーから屋根からつぎつぎお出まし
われらも合同
ますます騒動《そうどう》
おっ始めたよ
わんわんわんわん
わんわん**わんわん**
公園中でやられちゃかなわん

こうした勇者が残らず集《つど》い
交通麻痺《まひ》して地下鉄わなわなふるえがひどい
周辺あまねく恐怖《きょうふ》が及《およ》ぶ
住民たちが電話を掛《か》けて消防車呼ぶ
すると突然《とつぜん》、狭《せま》っくるしい地階から飛び出したのは誰《だれ》あろう
ギャオー大猫《おおねこ》、その勇姿たるやさながら激浪《げきろう》

その目ん玉が火の玉みたいに爛々《らんらん》と
大きく口あけ歯をむき出して噛《か》みつかんと
鉄柵《てっさく》ごしの目つきにあらわな気性の激しさ
たぐいまれな恐《おそ》ろしさ
にらむ目つきも開いた口も奇々《きき》怪々《かいかい》
ポリッチ、ペキたち、ギョッと警戒《けいかい》
すると大猫、大空見上げて大きく跳躍《ちょうやく》
犬たち逃《に》げる、尻尾《しっぽ》を巻いていち早く

やがて例の警察犬、元《もと》の持ち場に戻《もど》りけり
そして戦《いくさ》のこの通り、犬気《いぬけ》なしに戻りけり

カスミトフェレス氏

カスミトフェレス氏、いざ登場
この奇術猫《きじゅつねこ》、創意満身
(疑うなかれ、これぞ正真《しょうしん》)
あざ笑わずに聞いてほしいね、わが口上《こうじょう》
創意工夫にひたすら邁進《まいしん》
かような猫様またと居ないよ、大都市ロンドン、
　　郊外《こうがい》都心
特許のすべてを持つ独身
演ずる魔術《まじゅつ》どれもたまげる
珍芸《ちんげい》つぎつぎくりひろげる
　手爪《てづま》の早業
　　これぞ稀代《けだい》の品玉《しなだま》師
　まさに神業
　　またもや騙《だま》し
名だたるマジシャンただただ沈黙《ちんもく》
範《はん》と仰《あお》ぐカスミトフェレス氏の魔術の演目《えんもく》

こりゃいかに！

はいよ、たしかに！

まさかのまさかに！

信じられん！

かような手練《てれん》！

猫様の技は超《ちょう》老練

カスミトフェレス氏、魔術の首尾《しゅび》は案の定

カスミトフェレス氏、小柄《こがら》な黒猫、ふだんは無口

尻尾《しっぽ》の先まで黒光り

狭《せま》いすき間をするり抜《ぬ》けるはほんの序の口

狭い手すりをすたすたちゃっかり

自由自在のカードさばきは芸の極致《きょくち》

そして巧《たく》みにダイスを操《あやつ》る

巧みに騙《だま》して客を釣《つ》る

鼠狩《ねずみが》りにご専念かと傍目《はため》に映る

至芸《しげい》の小道具、それの一つがコルク栓《せん》

あるいはスプーン、あるいは魚《さかな》の生《なま》ペースト

ナイフもフォークも見当たりゃせん

置き忘れたのを思い出すと

もはや遅《おそ》し、消えちまってる

翌週見ると、庭の芝生《しばふ》に散乱してる

まさかのまさかに！

信じられん！

かような手練《てれん》！

猫様の技は超《ちょう》老練

カスミトフェレス氏、魔術《まじゅつ》の首尾《しゅび》は案の定

どうも近ごろ挙動不審《ふしん》でよそよそしい
誰《だれ》しも思う、これほど内気なお猫様はあるまいと
ところがしかし猫様の声、屋根の上から聞こえたらしい
暖炉《だんろ》のそばで背中丸めていようといまいと
はたまたときどき暖炉のそばでお猫様の声が聞こえた
ところが猫様、屋根の上でじっと凝固《ぎょうこ》
(ゴロゴロいう声、とにかく聞こえた)
これぞまことに動かぬ証拠《しょうこ》
　不思議な魔法《まほう》をやってのける
　　つい先日は一家がみんなで叫《さけ》びたてた
　家の中へ入れようと何時間も呼びつづける
　　ところがとっくに玄関《げんかん》ホールで眠《ねむ》ってた
驚異《きょうい》なるこの猫様はつい先日も
帽子《ぼうし》の中からひょいひょい救った、子猫の命をなんと七つも
　まさかのまさかに！
　　信じられん！
　　かような手練！
　　猫様の技は超老練
　　　カスミトフェレス氏、魔術の首尾は案の定

謎猫《なぞねこ》マキャヴィティ

マキャヴィティは神秘の謎猫《なぞねこ》、又《また》の名、足跡無痕犯《そくせきむこんはん》

法を破るに並ぶ猫なき常主犯《じょうしゅはん》

警視庁は打つ手なく、機動隊は自棄自暴《じきじぼう》

犯行現場へ駆《か》けつけたとき、マキャヴィティは、早《はや》、逃亡《とうぼう》！

マキャヴィティ、マキャヴィティ、マキャヴィティは型破り
人間社会の法を破り、重力の法まで破り
空中浮遊《ふゆう》やってのけては、ヨガの行者《ぎょうじゃ》もでくの坊《ぼう》
犯罪現場に馳《は》せ参じると、マキャヴィティは、早、逃亡！
地下室探して空を見上げ、一同呆然《ぼうぜん》、ただただ脱帽《だつぼう》
やっぱりわしの言うとおり、マキャヴィティは、早、逃亡！

マキャヴィティは赤毛猫、手足も胴《どう》もひょろ長く
いっぺん会えば忘れはしまい、眼《まなこ》は凹《くぼ》んで隈《くま》を描《えが》く
なにを企《たくら》む眉間《みけん》に寄せた深い皺《しわ》、頭の凸《でこ》がひどく目立ち
なりふりかまわぬその毛並み、無精ヒゲがもしゃくしゃ逆立ち
いつも頭を左右にゆらせ、その動くさま蛇《へび》にも似てる
半分眠《ねむ》ってると思いきや、ちゃんとしっかり目覚めてる

マキャヴィティ、マキャヴィティ、マキャヴィティは型破り
姿ばかりが猫なる魔物《まもの》、怪物《かいぶつ》じみた悪党ぶり
横丁ふらり広場をふらり、なにを狙《ねら》う大泥棒《おおどろぼう》
ところが犯行露見《ろけん》するや、マキャヴィティは、早《はや》、逃亡《とうぼう》！

外見いかにもまっとうで（噂《うわさ》じゃカードのイカサマ専門）
警視庁のファイルにもないその足紋《そくもん》
食器部屋が荒《あら》された、宝石箱がぶっ壊《こわ》された
ミルクがなくなり、またもやペキが首絞《し》められた
温室のガラス窓も葡萄《ぶどう》の蔓《つる》もやられっぱなし、とてもかなわぬこの攻防《こうぼう》
驚愕《きょうがく》唖然《あぜん》、マキャヴィティは、早、逃亡！

外務省では条約文書がどこかへ散逸《さんいつ》
海軍省では計画書やら想定図やらが不統一
入口ロビーや階段にちらばってるかと淡《あわ》い希望
しかし捜索《そうさく》てんで無駄《むだ》、マキャヴィティは、早、逃亡！
紛失《ふんしつ》事件が明るみに出て、諜報筋《ちょうほうすじ》は「マキャヴィティの仕業《しわざ》！」と公表
ところが相手は１キロ先へすたこら飄々《ひょうひょう》
のうのうとくつろぎながら、両の手足をぺろぺろなめる
あるいはあれこれ割算しながら、戦利品の分け前決める

マキャヴィティ、マキャヴィティ、マキャヴィティは型破り
騙《だま》しに長《た》けたたぐいまれな猫っかぶり
かならずアリバイ用意して、まったくもって深慮遠謀《しんりょえんぼう》
犯行時刻がいつだろうと、**マキャヴィティは、早、逃亡！**
悪行《あくぎょう》の名を馳《は》せる猫のどんな変わり種も
（マングースタコラ、アブリボーネも）
生みの恩より育ての恩
皆《みな》、親玉の言いなりで、この猫こそは犯罪の王、ナポレオン！

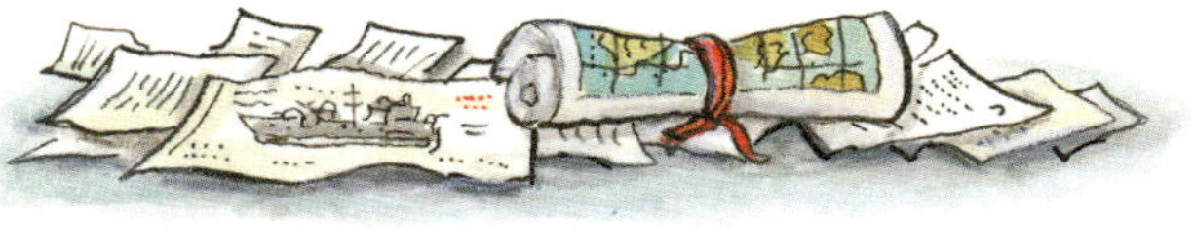

芝《しば》居《い》猫《ねこ》ガス

ガスの居場所は劇場の前
猫様にしては気安い名前
本当の名のアスパラガスはまどろっこい
ガスと呼ぶのがずっと賢《かしこ》い
毛並みは貧相《ひんそう》、体はガリガリやせっこけ
年のせいでときどき前足クラッとずっこけ
若いころには美男で鳴らしたお猫様
今やたかが鼠《ねずみ》にも軽んじられるというありさま
なにしろ往時の高名なりしお猫様にはあらず
ガスの言うには、どいつもこいつも物知らず

仲間の集《つど》いでガスが言うには

(場所は近くのパブの裏庭)

誰《だれ》か一杯《ぱい》おごってくれるか

ならば盛りの手柄《てがら》を話してやるか

かつては花形ともてはやされて

アーヴィングやらトリーやら、一流役者と同じ舞台《ぶたい》に立たされて

大劇場の喝采《かっさい》と野次《やじ》どっこいどっこい

わきにわいて七度《しちど》にわたる猫の恋《こい》

だが最高の独創演技は、これぞ圧巻

毛《け》獣《けもの》中《ちゅう》の炎《えん》魔《ま》凍将《とうしょう》、キュソネコオカムカン

「わしはありとあらゆる役を演じた
七十《しちじゅう》の長台詞《ながぜりふ》をも諳《そら》んじた
アドリブもギャグも品揃《しなぞろ》え
猫だましの芸も心得
総毛立《そうけだ》って背を見せるも尻尾《しっぽ》を巻くも
一時間の稽古《けいこ》でこなした、いやしくも
わしの声はどんなに無情な心をも和《やわ》らげた
主役だろうと脇役《わきやく》だろうと名演技をなしとげた
少女ネルの最期《さいご》を看取《みと》ったこともある
ゴーンと響《ひび》く晩鐘《ばんしょう》に飛び乗り、ゆらゆらゆれたこともある
クリスマスのおとぎ芝居《しばい》じゃ人気を極めた
ホイッティントンの猫の代役なんなく務《つと》めた
だが最高の独創演技は、これぞ壮観《そうかん》
毛獣中《けけものちゅう》の炎魔凍将《えんまとうしょう》、キュソネコオカムカン」

それからジンをちびりとおごるや、たちまち始まる自慢《じまん》話
『イースト・リン』で演じた役がうけた話
シェイクスピアの芝居では端役《はやく》がはまり役だった
猫の手までも借りたいと役者が言ったときだった
虎《とら》を演じたこともあり、その気になれば今でもやれる
インド人の連隊長に下水溝《げすいこう》へ追いつめられる
今でもガスは自信たっぷり
血も凍《こお》る鳴き声はりあげ幽霊《ゆうれい》呼び出す猫っぷり
一度なんかは舞台《ぶたい》高くに電線張った大演出
それを伝って火事の家から子供を救出

そして言うに「近ごろの子猫どもはなっちょらん
ヴィクトリア女王の時代ははるかに絢爛《けんらん》
ふだんの舞台《ぶたい》で修練不足
輪抜《わぬ》けなんぞで慢心《まんしん》せぬのが猫の鉄則」
そして爪《つめ》で体を掻《か》き掻き
「近時の芝居《しばい》は往時の機微《きび》を欠き
なるほど多くは出来も劣《おと》らぬ
だがあれほどの名演はほかに知らぬ
　あの場の猫足神技《ねこあししんぎ》
　歴史に残るわが名演技
毛《け》獣《けもの》中《ちゅう》の炎《えん》魔《ま》凍《とう》将《しょう》、キュソネコオカムカン」

伊達猫《だてねこ》ドハデブタン・ジョウンズ

姓《せい》はジョウンズ、名はドハデブタン　やせこけてないのが
　　　ちと極端《きょくたん》
通りを歩む規格外の肥満体はほほえむ図
パブには邪慳《じゃけん》　ひいきの倶楽部《クラブ》が八、九軒《けん》
通りの名前はセント・ジェイムズ
歩む巨体《きょたい》に皆《みな》が挨拶《あいさつ》　お猫様のご機嫌《きげん》拝察
お召《め》しの黒はお手入れ潔癖《けっぺき》
鼠捕《ねずみと》りの技は非凡《ひぼん》　極上仕立ての似合いのズボン
お召しの背広はまさに完璧《かんぺき》
セント・ジェイムズきっての名声　隆々《りゅうりゅう》としたその気勢
伊達猫《だてねこ》ぶりに誰《だれ》もが感嘆《かんたん》
皆が見とれてほめちぎる　会釈《えしゃく》を返しつ通り過ぎる
白スパッツのドハデブタン

さて行く先は気ままに選ぶ　たまにぶらりと*学閥《がくばつ》倶楽部《クラブ》*

ところで猫にも三分《さんぶ》の理《ことわり》

お猫様ご一名につき　会員倶楽部は一つにつき

*門閥《もんばつ》倶楽部*ではお断り

同じような行き掛《が》かり　狩猟《しゅりょう》のシーズン真っ盛り

そんな時節は*狐《きつね》倶楽部*でなく*頑迷《がんまい》倶楽部*

しょっちゅう顔を見せるのは　*緞帳《どんちょう》銀幕《ぎんまく》倶楽部*のにぎわいの輪

貝と海老《えび》の名高い料理がずらり並ぶ

今こそまさに鹿《しか》肉のシーズン　しかし美味も喉三寸《のどさんずん》

*狩猟家倶楽部*の脂《あぶら》したたる肉は敬遠

ちょうど正午になりかける　その頃合《ころあい》をかぎつける

*雄蜂《おすばち》倶楽部*でちょいと一杯《ぱい》ささやか酒宴《しゅえん》

あるいはすたこらあの急ぎよう　どうやら昼はカレーのよう

*シャム猫倶楽部*か*大食《たいしょく》倶楽部*

今日はなにやらふさぎこむ　そんな日には*墓穴《はかあな》倶楽部*でランチ掻《か》っこむ

キャベツ、ライス、マトンが並ぶ

こうして万事つつがなく　ドハデブタンの日々変わりなく

倶楽部をつぎつぎ歩いて回り

まったくもって当たり前　現に皆《みな》の見てる目の前

規格外にまるまる肥《こ》えた胴回《どうまわ》り

体重ゆうに11キロを軽く超《こ》える　でなけりゃわしはひっくり返る

日ごと日ごとに体重ふやす

でもこの猫様は健康そのもの　おいらの変わらぬ日課のたまもの

そんな台詞《せりふ》が心をいやす

またあるときは韻《いん》を踏《ふ》んで「おいらは謳歌《おうか》、この生き方を進んで勇んで」

最重量級のこのお猫様はあくまで健啖《けんたん》

誰《だれ》もが見とれて目を見はる　ペルメル街は永遠《とわ》に春

白スパッツのドハデブタン！

鉄道猫スバシコスラリン

ホームでなにやらひそひそ興奮　11時回ってすでに39分
夜行の出発もう間もない
「どこへ行った、スラリン、スラリン　見当たらないとは妙《みょう》ちきりん
姿がなければ出発できない」
車掌《しゃしょう》たちも赤帽《あかぼう》たちも　駅長さんの娘《むすめ》たちも
探しに探す、あたり一帯
「どこへ行った、スラリン、スラリン　またまた披露《ひろう》、すばしっこさのほんの片鱗《へんりん》
発車の遅《おく》れが避《さ》けがたい」

11時42分になったので　発車時刻が過ぎたので

乗客たちはかんかん怒《いか》って騒《さわ》ぎ立てた

するとそこへ姿を現しスラリン凛然《りんぜん》　後ろの車輛《しゃりょう》へ向かう歩みがいかにも悠然《ゆうぜん》

今の今まで手荷物運びを監督《かんとく》してた

　　そしてひらり

　　　緑の瞳《ひとみ》を一瞬《いっしゅん》きらり

　　碧《あお》信号で「出発進行！」

　　　北半球の北方の地へといざ運行

どうやらたぶん九分九厘《くぶくりん》　列車を仕切るはスバシコスラリン

そうして走る寝台《しんだい》急行

運転士も車掌《しゃしょう》も郵便袋《ぶくろ》係もスラリンにまかせきり　勝負のカードをいそいそと切り

スラリンそれを監督《かんとく》しながら業務を遂行《すいこう》

車内を見回り　旅客たちと上手に交わり

一等車から三等車まで

旅客の顔を見て回り　車内の秩序《ちつじょ》にあくまでこだわり

すばやく察する何から何まで

瞬《まじろ》ぎもせず顔を見つめて　その考えを見定めて

よからぬことはピシャッとたしなめる

浮《う》かれすぎや一悶着《ひともんちゃく》　だから旅人みんな沈着《ちんちゃく》

スラリン万事を丸くおさめる

　　悪ふざけなど許さない　スバシコスラリン抜《ぬ》かりない

　　　平穏《へいおん》無事がこの猫様の確たる信条

　　郵便列車はずんずん北上

　　　スラリン乗務で募《つの》る旅情

探《さぐ》りつ探《さが》しつ　見つけて嬉《うれ》しい小さな個室

自分の名前が扉《とびら》に出ていて文句無し

寐《ね》台《だい》はとてもこざっぱり　洗いたてのシーツもぱりぱり

床《ゆか》には塵《ちり》の一つとて無し

照明の種類がいろいろずいぶん　明るさ自在でいい気分

スイッチひねればそよ風の吹《ふ》く仕掛《しか》けがあるし

なんともおかしな金盥《かなだらい》　どうやらこれで顔洗い

くしゃみが出たら窓を閉めるハンドルあるし

すると車掌《しゃしょう》が顔を見せて折目正しく　旅客に問う声とっても楽しく

「朝のティーは薄《うす》め濃《こ》いめ、どちらにしましょう？」

スラリン後ろにちゃんと控《ひか》えて　一つ二つ助言を加えて

落ち度のないのをスラリン保証

　　それからするりと寐《ね》台《だい》にもぐり

　　　掛《か》け布団《ぶとん》をひっぱりあげる

この安《あん》堵《ど》感《かん》は言いしれぬ

朝まで鼠《ねずみ》に煩《わずら》わされぬ

ゆるりと眠《ねむ》られる　鉄道猫にまかせられる

　　　鉄道猫の乗務とあればくつろげる

寝《ね》ずの番はいつもばっちり　スバシコスラリン目をぱっちり

ティーを一杯《ぱい》飲み終える

それからたぶんちょっぴりスコッチ　目を光らせてあっちこっち

足をとめては蚤《のみ》捕《つか》まえる

クルー駅で旅客はぐうぐう　至れり尽《つく》せりこの待遇《たいぐう》

スラリンせわしく行き来して

旅客はぐっすり熟睡《じゅくすい》中　でもスラリンはカーライル駅で奔走《ほんそう》中

駅長相手に歓談《かんだん》もして

ダンフリース駅では警察呼んで　事件がないのを喜んで

なにかあればきちんと知らせる

さて終着駅はギャロウゲイト　旅客を焦《じ》らせちゃいけないと

降りる旅客に気を配っては目を光らせる

長い茶色の尻尾《しっぽ》をふりふり長旅ねぎらい

「それでは皆《みな》さんお達者で！

深夜発の郵便列車でお待ちします、かならずまたのご光来《こうらい》

鉄道猫スラリン乗務の郵便列車で」

お猫様に話しかける法

猫様かように多種多様
そこでわしの意見を述べよう
もはや説明するまであるまい
もう納得のはず、お猫様の気質やふるまい
もう充分《じゅうぶん》に知ったろうから説明はせん
猫様たちはあんたやわしと違《ちが》いはせん
世間の人間みな然《しか》り
心さまざま、いかばかり
正気もあれば乱心もあり
善玉もあれば悪玉もあり
ましなのもあり最悪もあるから地団駄踏《じだんだふ》む
しかしそれでもかように詩になり韻《いん》を踏む
もう見てよくよく知ったはず、遊びの技や
　　　仕事の腕前《うでまえ》
それぞれ固有のそれぞれの名前
いつもの習慣、居ついて住まう好きな庭
しかしさらには？
　　お猫様に話しかけるには？

まずはひとこと本音も本音
「お猫様はお犬さんじゃないもんね」

ところで犬は喧嘩《けんか》好きをつねづね装《よそお》う

たまに噛《か》みつき、しょっちゅう吠《ほ》えては

わんわん気負う

しかし犬は総じて気だて良し

言ってみればお犬好《いぬよ》し

むろん、ペキは大違《ちが》い

そういうたぐいの珍種犬《ちんしゅけん》はぜんぜん論外

ふつうに出くわす巷《ちまた》の犬はざっくばらん

道化《どうけ》を演じてちっとも気ばらん

プライド示すにほど遠く

威厳《いげん》のないのも数多く

いともやすやす手なずけられる

顎《あご》の下をくすぐられる

ぽんと背中を叩《たた》くか握手《あくしゅ》するかで顔がほころび

跳《は》ね回って大喜び

とにかくおおらか、なんにしても

やあと言っても**こら**と言っても

犬と猫様てんでさかさま

犬は犬、**お猫様はお猫様**

猫様相手はルールを一つ守らにゃならない
話しかけられるまで話しかけない
しかしわしは賛成しかねる
思いきって話しかけねば機会をそこねる
ただし、かならず心掛《こころが》ける
お猫様は気安くすると撥《は》ねつける
わしはまずは頭を下げて、帽子《ぼうし》をぬいで
　　うやうやしく
こんなふうに話しかける、**お猫様、どうぞ**
　　よろしく！

もしもそれが隣《となり》近所の猫様なら
しばしば会ってる顔なじみなら
（わしの家にもよく顔見せる）
おっとと、これはお猫様！　そう挨拶《あいさつ》し
　　目を合わせる
ジェイムズという名で呼ばれているのは
　　耳にする
しかしまだまだその名で呼びかけるのは
　　躊躇《ちゅうちょ》する

畏《おそ》れ多くもお猫様の目に
信頼《しんらい》に足る友と映るために
いささかなりと敬意のしるしを表して
たとえばクリーム一皿差し出して
たまにはどうぞお腹《なか》いっぱい
キャビアあるいはフォワグラパイ
瓶詰《びんづ》め美味なる雷鳥《らいちょう》肉や鮭《さけ》ペーストも
そうとも、きっと大好きだとも
(わしの知ってる猫様の場合
兎《うさぎ》の肉をひたすら熱愛
食べ終えると舌で前足ぺろぺろぺろり
オニオンソースも残さずぺろり)
お猫様には三十六計献《ささ》げるに如《し》かず
敬意の証拠《しょうこ》のかずかず
さすればいずれ目的達成、福来たる
ついには**名前**を呼べるにいたる

そんなふうに物好き猫好き話し好き
話しかけて**お猫様とお近づき**

猫のモーガン自己紹介《しょうかい》

おれはかつては海賊猫《かいぞくねこ》、荒《あ》れ狂《くる》う海を猫またぎ
　それが今や守衛の堅気《かたぎ》
猫に小判と良い評判
　ブルームズベリーでこうして門番

好物まずは鶉《うずら》に雷鳥《らいちょう》
　デヴォンシャーの濃厚《のうこう》クリーム、これまた良き哉《かな》
だが今は会社持ちで一杯《ぱい》やれれば大満足の絶好調
　見回り終えてちょっぴりつまむ猫舌にはひやこい魚《さかな》

おれはたいして品《ひん》はねえし、がさつもがさつだ
　だけど毛並みは見てくれいいし手入れだって怠《おこた》りゃしねえ
だから世間が言うのもなかなかたいした観察だ
　「ざらにいないわ、モーガンみたいなのはねえ」

バーバリ沿岸またたび稼業《かぎょう》でどなりまくったその因果《いんが》
　甘《あま》ったるい猫なで声をぶっつぶし
上手《じょうず》の猫は爪《つめ》を隠《かく》しで自慢《じまん》はいかんが
　モーガン爺《じじい》にけっこう集まるギャル猫節《ねこぶし》

もしこの評論社に、この評判社に用があるなら
猫の身なりに自己紹介《しょうかい》にこれだけ凝《こ》った
時間を節約、猫の手まで借りたいんなら
門番猫のおれさまとまずは仲良くなるこった

モーガン拝